AF495500

MÉMOIRE SUR LE SACRE A REIMS.

A REIMS,

Chez Le Batard, Imprimeur - Libraire et Marchand de Papiers, rue de l'Arbalète, n.° 21.

FÉVRIER 1819.

AVERTISSEMENT.

On a bien voulu me charger d'un Mémoire pour constater les droits de la ville de Rheims à ce que la cérémonie du Sacre se fit dans son enceinte. Je me suis livré à ce travail avec tout l'empressement qu'y devoit apporter un Rémois zélé pour la gloire de son pays. Après m'être concerté, pour quelques additions, avec M. Siret, Bibliothécaire, j'ai communiqué ce que j'avois fait, aux personnes les plus respectables et les plus éclairées de cette Ville, qui lui ont donné leur approbation.

Mais m'étant dessaisi de mon Mémoire pendant quelques jours, bientôt parut l'écrit intitulé *le Sacre et Reims*, où je ne me reconnus plus qu'en partie. Le nouveau Rédacteur, en effet, a changé mon style et bouleversé l'ordre de mes idées dans les huit premières pages, et m'a copié presque mot à mot depuis la neuvième page jusqu'à la fin. Il me semble que l'on devoit au moins me consulter avant de se permettre de telles corrections, et ne pas disposer aussi arbitrairement de ma propriété, quelque mince qu'elle fut. Je m'abstiendrai de prononcer dans ma propre cause, et de décider si l'on a gâté ou embelli mon

Ouvrage ; je le présente ici tel que je l'ai fait : les connoisseurs jugeront entre l'original et la copie; ils verront si le copiste a été heureux dans ses additions, si son luxe oratoire est préférable à ma simplicité logique, s'il n'a pas affoibli les preuves en multipliant les mots, si etc. etc.

Je donne ici la liste des Rois de France, le lieu et l'époque de leur Sacre : cette liste sert de fondement à mon travail, et l'on étoit convenu de l'ajouter au Mémoire.

EN QUEL LIEU

DOIT SE FAIRE

LE SACRE?

LE ROI, dans son discours à l'ouverture des Chambres, s'est exprimé en ces termes :

« J'ai attendu en silence cette heureuse époque,
» pour m'occuper de la solemnité nationale, où
» la Religion consacre l'union intime du peuple
» avec son Roi. En recevant l'Onction royale au
» milieu de vous, je prendrai à témoin le Dieu
» par qui règnent les Rois, le Dieu de Clovis,
» de Charlemagne et de S. Louis. Je renouvellerai
» sur les Autels le serment d'affermir les insti-
» tutions fondées par cette Charte que je chéris
» davantage, depuis que les François, par un
» sentiment unanime, s'y sont franchement
» ralliés. »

LOUIS XVIII, dans ces belles paroles, manifeste clairement le dessein de se faire sacrer. C'est dans Reims sans doute que se fera cette cérémonie nationale ; c'est dans Reims que Clovis et S. Louis sont venus *prendre à témoin le Dieu par qui règnent les Rois*. Reims est véritablement la ville du Sacre.

En effet, depuis quatorze siècles Reims a vu venir dans son sein la plupart des Rois de France, pour y confirmer leur autorité par le Sceau sacré de la Religion; et le premier de nos Rois, le Fondateur célèbre de la Monarchie Françoise, y est venu recevoir l'Onction royale des mains de S. Remi, l'un des plus grands Evêques de la Gaule.

Depuis quatorze siècles, c'est parmi les François une opinion religieuse et monarchique, que nos Rois doivent se faire sacrer à Reims. Les Archevêques de cette Cité ont toujours regardé le droit de sacrer les Rois comme inhérent à leur Siége, et ce droit paroissoit d'autant plus affermi, que, selon une tradition ancienne et respectable, le Ciel lui-même avoit envoyé l'Huile sainte dont on se servoit pour oindre les Rois. Nous citons cette tradition sans la garantir; mais elle prouve au moins que tout ce qu'il y a de plus saint parmi les hommes, tout ce qui a le plus d'influence sur leurs idées et sur leurs opinions, s'est réuni pour confirmer à la Ville et à l'Eglise de Reims le droit de sacrer les Rois.

Dans les premiers siècles de la Monarchie, où la France étoit divisée et morcelée en plusieurs royaumes indépendans, où l'histoire livrée à des mains inhabiles omettoit souvent les faits les plus intéressans et consistoit en de simples chroniques, il paroît que les Rois, pour prendre possession du Trône, étoient élevés sur un pavois ou bouclier; mais cette cérémonie profane n'excluoit pas la cérémonie religieuse, et quelques annales disent que Pépin, qui reçut l'Onction sainte, fut sacré selon la coutume de ses ancêtres; ce qui prouveroit que le Sacre a eu lieu, pour les Rois de la première race, à Soissons, à Metz, Orléans, ou à Reims, quoique nos chroniques n'en fassent pas mention. Il n'étoit pas possible que le Sacre se fît toujours à Reims dans un temps où chaque Roi avoit sa capitale particulière.

Sous la seconde race, lorsque l'histoire commence un peu à s'éclaircir, lorsque les faits deviennent plus certains, lorsque la royauté reçoit des accroissemens sensibles, nous voyons nos Rois se faire consacrer même plusieurs fois; nous voyons tous les Sacres se faire ou à Reims, ou par l'Archevêque de Reims, dans les villes qui dépendoient de sa Métropole: ainsi Charlemagne fut sacré à Noyon, ville de la province Rémoise; Louis II, dit le Bègue, à Compiegne par Hincmar, Archevêque de Reims, et Louis d'Outremer à Laon, par Artaud, Archevêque de Reims.

Mais il ne reste pas le moindre doute sur le lieu du Sacre, du moment où le pouvoir royal fut entièrement consolidé, et où nos Rois furent complètement les Rois de la Nation Françoise. Le droit de sacrer les Rois devint bientôt invariable pour la Ville et l'Eglise de Reims, par une charte que Louis VII donna en 1179, pour le Sacre de Philippe Auguste son fils, et qui fut confirmée par le Pape Innocent II. Tous les Rois de la troisième race furent sacrés à Reims, excepté Louis le Gros et Henri IV. Le premier fut sacré à Orléans, parce qu'il y avoit un schisme dans l'Eglise de Reims, à l'occasion de deux prétendans à l'Archevêché, et Henri IV le fut à Chartres, parce que Reims étoit au pouvoir de la Ligue.

La Restauratrice du Royaume de France, au quinzième siècle, la célèbre Jeanne d'Arc, ne crut avoir rempli sa mission qu'elle regardoit comme divine, ne crut avoir entièrement délivré sa Patrie du joug des Anglois, que lorsqu'elle eut conduit à Reims le Roi Charles VII, qui avoit déjà été sacré à Poitiers deux ans auparavant. « Grand » Roi, dit-elle à ce Prince, aussitôt qu'il eut » reçu l'Onction sainte, Dieu a permis que vous » fussiez sacré à Reims, pour faire voir à toute » la terre que vous êtes le véritable Roi, celui » auquel appartient le royaume. » Ainsi conduire Charles VII à Reims, et l'y faire sacrer, c'étoit, selon cette héroïne, interprête des sentimens de tous les François, c'étoit sauver l'Etat, lui rendre son Roi légitime, c'étoit affermir la couronne sur la tête de ce Roi.

Un homme trop fameux dans l'Europe voulut consacrer son autorité par la Religion, et eut même l'adresse de faire intervenir le Souverain Pontife dans cette cérémonie ; mais il se garda bien de choisir Reims, pour lieu de son sacre. Il auroit craint de voir s'élever contre lui cette longue suite de Rois qui ont reçu l'Onction royale dans l'Eglise Métropolitaine de cette Ville. Prétendu chef d'une nouvelle dynastie, il vouloit que tout datât de son règne. Il avoit intérêt de tout changer, de tout innover ; il lui importoit de détruire toutes les traditions qui ont rapport à la dynastie Capétienne, tous ces souvenirs antiques de véritables droits, de légitimité qui ont tant de pouvoir et d'influence sur les opinions des peuples. Il raisonnoit et agissoit conséquemment en se montrant l'ennemi déclaré de toutes les institutions qui déposoient contre lui, et attestoient qu'il vouloit supplanter la race de nos Rois. Nous remarquerons en passant que cet homme et Henri VI, Roi d'Angleterre, sont les seuls qui aient été sacrés dans la capitale.

Toute l'histoire de France au contraire rend témoignage à Louis XVIII ; tous les souvenirs lui sont glorieux, tous les usages lui sont favorables. La restauration de la Monarchie dont on lui est redevable, semble entraîner avec elle le maintien d'une coutume liée en quelque sorte à cette Monarchie ; peut-il se dispenser de suivre un exemple que lui ont donné constamment tous les Rois de sa dynastie, et doit-il abolir un usage qu'ils se sont fait un point de religion d'observer fidèlement ?

Tous les amis de ces idées anciennes et respectables, attachées à la dynastie des Bourbons, ne pourront s'empêcher de mettre de la différence entre le Sacre fait à Reims ou dans la capitale. Dans ce dernier cas, ils se rappelleront involontairement celui qui a eu lieu à Paris il y a quelques années. Une idée triste et sinistre se joindra nécessairement à la cérémonie la plus sainte, dont le but est d'unir le Roi avec son peuple. Si au contraire le Sacre se fait à Reims, alors le Roi y apparoîtra entouré du cortége imposant de ses nobles aïeux, à la suite de tous ces Rois qui rappellent à la mémoire des François des souvenirs plus ou moins attachans ; il y apparoîtra avec toutes ces idées d'antiquité et de légitimité qui, sans nuire à son illustration personnelle, servent à relever la grandeur et la majesté du Trône ; on se souviendra que S. Louis, qui a eu tout le zèle d'un anachorète avec toutes les vertus d'un grand Roi, que Louis XII, le Père du peuple, que François I.er, le Protecteur des lettres, que quatre Bourbons, Louis XIII, Louis XIV, Louis XV et Louis XVI ont été aussi sacrés dans la Basilique de Reims.

Tous les peuples de l'Europe ont des usages semblables à celui dont nous nous occupons. L'Archevêque de Mayence est l'unique Prélat qui sacre les Empereurs d'Allemagne; les Rois d'Espagne sont consacrés par l'Archevêque de Tolède; l'Archevêque de Cantorbery sacre les Rois d'Angleterre, dans l'ancienne Abbaye de Westminster; le Roi de Suède est couronné à Upsal par l'Archevêque de cette ville; le couronnement des Rois de Hongrie se faisoit à Presbourg; celui des Rois de Pologne à Cracovie, par l'Archevêque de Gnesne, et celui des Empereurs de Russie se fait à Moscou; les Evêques d'Ostie ont seuls le privilége de consacrer les Papes. Presque par-tout on voit une ville privilégiée pour le Sacre des Rois, et rarement cette ville est la capitale. Presque par-tout un grand dignitaire Ecclésiastique est désigné pour la cérémonie du Sacre; la plupart des Etats où cette coutume est établie, ont éprouvé des révolutions dans le gouvernement et dans la religion; ils ont été en proie à de longues agitations; mais au milieu des destructions et des bouleversemens, l'usage de consacrer les Rois dans telle ou telle ville, par tel ou tel Prélat, est demeuré fixe et invariable. Il est temps que les François, trop justement accusés d'inconstance et de légèreté, imitent leurs voisins, et sur-tout les Anglois, dans leur respect constant pour toutes les institutions anciennes. La révolution, qui semble avoir suspendu l'usage de sacrer les Rois à Reims, n'est qu'un motif de plus pour l'y maintenir. Le Sacre fait à Reims prouvera que la chaîne de la dynastie des Bourbons est demeurée entière et complète, et qu'aucun anneau étranger n'est venu la briser ou l'interrompre.

Les esprits légers et indifférens regarderont comme peu important le lieu où se fera le Sacre du Roi ; les esprits réfléchis et qui connoissent le cœur humain, tous les amis de ces usages qui sont nés et ont vieilli avec la Monarchie, ne pourront voir qu'avec le plus vif intérêt le Roi se rendre à Reims pour y recevoir l'Onction royale. Leur imagination confondra alors le fondateur et le restaurateur de la Monarchie ; et s'ils mettent entre eux quelque différence, elle sera toute à l'avantage de Louis XVIII ; car pour fonder un état comme Clovis, il ne faut que de la force ; mais pour le restaurer, il faut de la sagesse et des lumières.

L'Archevêché de Reims est sur le point d'être rétabli ; le Roi lui-même a nommé le Prélat qui doit remplir ce siége si ancien ; il semble donc que rien n'empêche ce nouveau Prélat d'user des prérogatives attachées à son siége, à moins qu'il n'aime mieux en céder l'exercice à l'ancien Archevêque de Reims, à l'ami et au compagnon inséparable du Roi, à celui qui ayant partagé ses malheurs et son exil, a plus qu'un autre le droit de participer à tout ce qui peut affermir le Trône.

Pour ne rien omettre dans une matière où tout est grand et important, il ne sera pas inutile de dire ici que des Rémois fidèles ont conservé des parcelles de l'Huile sainte que renfermoit la Sainte Ampoule, et que ce fait est appuyé sur des témoignages indubitables.

Ainsi tout semble démontrer que le Sacre de Louis XVIII doit avoir lieu à Reims; c'est un usage qui ne blesse aucun intérêt, et qui ne touchant point à la Charte, ne doit trouver aucun adversaire; il est fondé sur les traditions les plus anciennes, sur une loi donnée par un Roi de France, confirmée par un Pape, et qui remonte à près de huit siècles; il est né avec la monarchie, a toujours subsisté avec elle, et ne doit périr qu'avec elle. Le respect pour le maintien des institutions anciennes est, plus qu'on ne croit, le gage de la stabilité des Empires.

Liste des Rois de France, époque et lieu de leur Sacre.

Première Race.

Clovis, fondateur de la Monarchie Françoise, baptisé et sacré à Reims, en . . . . 496.

Les chroniques ne parlent pas du Sacre des Rois de la première race; mais on auroit tort de conclure de ce silence qu'ils n'ont pas été sacrés. C'est un simple argument négatif et tout au plus une demi-preuve. Selon le Moine Aimon, Dagobert I.er fut reconnu à Reims en 638, et il est très-probable qu'il y fut en même temps sacré. Les annales de l'Abbaye de S. Bertin à Saint-Omer, et celles de Metz, disent que Pépin fut sacré selon la coutume de ses ancêtres. Or ce Roi reçut l'Onction sainte ; on en peut conclure que ses prédécesseurs l'avoient reçue. Mais comme alors la France étoit malheureusement divisée en plusieurs royaumes, il n'étoit pas possible que la même ville servit pour les Sacres. On les faisoit à Soissons, à Orléans, à Metz, à Reims, selon les lieux où dominoient les différens Rois.

Deuxième Race.

Pépin-le-Bref fut sacré à Soissons par l'Archevêque de Mayence, qui prétendoit à l'Archevêché de Reims, 752.

Charlemagne à Noyon, ville de la province Rémoise, le 24 septembre, en . . . . 768.

Louis I.er, ou le Débonnaire, à Reims, par le Pape Etienne IV, le 28 janvier . . . . 816.

Charles-le-Chauve à Metz, par Hincmar, Archev. de Reims, le 20 juin . . . . 840.

Louis II, dit le Bègue, à Compiègne, par le même, le 8 oct. 877.

Louis III avec Carloman furent sacrés dans l'Abbaye de Ferrière, diocèse de Sens, parce que Louis de Germanie avoit une armée dans les environs de Reims. . . . . 879.

Charles-le-Gros n'a pas été sacré comme Roi de France, parce que Charles-le-Simple, le véritable héritier, vivoit encore.

Eudes, déjà sacré à Compiègne par Gautier, Archev. de Sens, le fut encore à Reims par Foulques, Arch. 888.

Charles III, dit le Simple, sacré à Reims, par le même Foulques, le 28 janvier. . . . . . . 893.

Robert, frère de Eudes, à Reims, du vivant de Charles-le-Simple, par Herivée, Archev., dans l'Eglise de S. Remi, le 30 juin. . . . . . . 922.

Rodolphe ou Raoul, sacré à Soissons, sans doute par le consentement de Seulfe, Arch. de Reims, qui n'avoit pas reçu le pallium du Pape, et qui l'ayant reçu, couronna à Reims Emme, épouse de Raoul, le 13 juillet. . . . . 923.

Louis IV, dit d'Outremer, sacré à Laon par l'Arch. de Reims Artaud, parce qu'Héribert étoit maître des environs de la ville, et que la peste y régnoit, le 20 juin. . . . . 936.

Lothaire, sacré à Reims par le même Arch. le 12 nov. 954.

Louis V, dans une assemblée à Reims, pour la paix,

y fut sacré par Adalbéron, Arch.; cependant Fauchet dit que ce fut à Compiègne. Ce Roi, dit-on, donna le royaume à Hugues Capet. . . . . . 978.

TROISIÈME RACE.

Hugues Capet, sacré à Reims par l'Arch. Adalbéron, le 3 juillet. . . . . 987.

Robert I.er, à Reims, six mois après son père, le 1.er janvier. . . . . 988.

Henri I.er, à Reims, six ans avant la mort de son père, le 14 mai, par Ebalus, Archevêque. . . 1027.

Philippe I.er, à Reims, à 8 ans, par Gervais, Archevêque, le 28 mai. . . . . 1059.

Louis VI, dit le Gros, à Orléans, parce que l'Eglise de Reims étoit divisée par deux prétendans, le 3 août. . . . . 1108.

Louis VII, à Reims, du vivant de son père, par le Pape Innocent II, le 25 octobre. . . . . . . 1131.

Philippe Auguste, à Reims, du vivant de son père, par Guillaume, Archevêque, le 1.er novembre. 1179.

Louis VIII, à Reims, par le même, le 6 ou 8 août. 1223.

Louis IX, ou S. Louis, à Reims, par Jacques Basoche, Evêque de Soissons, l'Arch. de Reims étant vacant. 1226.

Philippe III, dit le Hardi, à Reims, par Milet de Basoche, Evêque de Soissons, le siége de Reims étant vacant, le 30 août. . . . . 1271.

Philippe IV, ou le Bel, à Reims, par Barbet, Archevêque, le 6 janvier. . . . . 1286.

Louis X, ou le Hutin, à Reims, par l'Archevêque Robert de Courtenai, le 24 août. . . . . 1315.

Philippe V, dit le Long, à Reims, avec sa femme, par le même, le 9 janvier. . . . . . . 1317.

Charles IV, dit le Bel, à Reims, par le même, le 21 février. . . . . 1322.

Philippe VI, dit Valois, à Reims, par Guillaume de Trie, le 29 mai. . . . . 1328.

Jean I.er, dit le Bon, à Reims, par Jean de Craon, le 26 septembre. . . . . 1350.

Charles V, dit le Sage, à Reims, par le même, le 9 mai. 1364.

Charles IV, à Reims, par Richard Pique, le 4 nov. 1380.

Charles VII, à Reims, par Renaud de Chartres, le 17 juillet. . . . . 1429.

Louis XI, à Reims, par Jean Juvenal des Ursins, le 15 août. . . . . 1461.

Charles VIII, à Reims, par Pierre de Laval, le 30 mai. . . . . 1484.

Louis XII, à Reims, par Guillaume de Briçonnet, le 27 mai. . . . . 1498.

François I.er, à Reims, par Robert de Lénoncourt, le 25 août. . . . . 1515.

Henri II, à Reims, par Charles de Lorraine, le 26 juillet. . . . . 1547.

François II, à Reims, par le même Arch., le 18 sept. 1559.

Henri III, à Reims, par le Cardinal de Guise, Evêque de Metz, Louis de Lorraine, nommé Arch. de Reims, n'étant pas encore Prêtre, le 13 février. 1574.

Henri IV, à Chartres, parce que Reims étoit au pouvoir de la Ligue. . . . . 1593.

Louis XIII, à Reims, par le Cardinal Joyeuse, Arch. de Rouen, pour Louis de Lorraine, qui n'étoit pas encore Prêtre, le 17 octobre. . . . . 1610.

Louis XIV, à Reims, par l'Evêque de Soissons, le véritable Archevêque de Reims n'avoit pas encore reçu l'ordre de la prêtrise, le 7 juin. . . . . 1654.

Louis XV, à Reims, par Armand Jules de Rohan Guémené, Archevêque, le 25 octobre. . . . 1722.

Louis XVI, à Reims, par le Cardinal de la Roche-Aimon, le 11 juin. . . . . 1775.

J. B. F. GERUZEZ, Professeur au Collége Royal.

www.ingramcontent.com/pod-product-compliance
Ingram Content Group UK Ltd.
Pitfield, Milton Keynes, MK11 3LW, UK
UKHW021020220726
13924UKWH00001B/91